내가 너를 사랑한 시간 · 내가 너를 사랑할 시간

글 ♥ 연애세포

'연애세포'는 105만 명의 구독자들에게 매일 사랑과 연애에 관한
다양한 이야기를 전하는 페이스북 페이지이다.
2014년, 모두가 아름답고 행복한 사랑만을 하길 바라는 마음으로 시작된 연애세포는
하나, 둘 그 뜻을 함께하고픈 사람들이 모여 매일 사랑과 연애에 대한 콘텐츠를 고민하고
공감과 정보를 담은 콘텐츠를 바탕으로 구독자들과 소통하고 있다.
오늘도 '연애세포'는 '무엇이 우리를 더욱 사랑하게 만들까'를 고민하고 있다.

내가 너를 사랑한 시간 · 내가 너를 사랑할 시간

개정판 1쇄 발행 2019년 11월 11일
개정판 4쇄 발행 2021년 10월 25일

글	연애세포
그림	김윤경
펴낸이	김봉기
출판총괄	임형준
기획편집	정우
디자인	김성아, 디자인창
마케팅	김보희, 최은지, 이정훈, 정상원
펴낸곳	FIKA[피카]
주소	서울 강남구 삼성동 154-11 M타워 3층
전화	02-6203-0552
팩스	02-6203-0551
이메일	fika@fikabook.io
등록	2018년 7월 6일(제2018-000216호)
ISBN	979-11-964403-9-8

· 책값은 뒤표지에 있습니다.
· 파본은 구입하신 서점에서 교환해 드립니다.
· 이 책은 저작권법에 의하여 보호를 받는 저작물이므로 무단 전재와 복제를 금합니다.

내가 너를 사랑한 시간 · 내가 너를 사랑할 시간

글 ♥ 연애세포

이 책으로
내 마음을 표현해 보려고 해.
조금 쑥스럽지만
표현하지 않는 것과 표현하는 것은
큰 차이가 있으니까.
너를 사랑한 시간을 고백하고
너를 사랑할 시간을 그려 보려고 해.

주관식 문제는
마음속에 담아두었던 말들을 솔직하게
사랑을 담아서 써 보는 거야.

객관식 문제는
보기 중 하나를 고르는 것도 있고
혹은 밑줄 친 부분에
보기를 참고하여 써 보는 거야.

프롤로그

이 글을 읽으면서, 처음 호감을 느낀 그 순간부터
우리가 함께하기로 결정하는 그 단계에 이르기까지
서로 맞춰가는 과정을 통해
그 모든 시간의 흐름에 있는 모든 순간을 경험해 보라고…
진심을 담아서 말해주고 싶어요.

살다 보면 영혼이 맞닿아 있는 듯,
한 사람이 나타날 때가 있어요.
우정에서 사랑으로 변하기도 하죠.

당신을 생각하는 모든 순간
당신을 만났다는 것이 얼마나 행운인지 알았죠.
당신은 내 인생의 '하나뿐인 사랑'이에요.

내가 너를 사랑하는 이유 1

자 지금부터 나에 대해 알려줄게~
꼭 기억해야돼!!

내 이름은

한글로 _____ 이고,

뜻은 _____ 이야!

그리고… 내 별명은

_____ 라고들 불러!

내 생일은

_____

내 띠는

_____

내 별자리는

_____

내 혈액형은

_____

내가 너를 사랑하는 이유 3

부끄럽지만… 내 신체 사이즈는

상의 _____

하의 _____

속옷 (위 / 아래) _____

발 사이즈 _____

네번째 손가락 사이즈 _____

선물살 때 참고해 ^_^

네가 어디에 있든지
어떤 사람이든,
내가 널 꼭 찾아낼 거예요.

내 취미는

☐ 영화보기   ☐ 춤추기
☐ 카페가기   ☐ 독서하기
☐ 코인노래방   ☐ 요리하기
☐ 편맥하기   ☐ 쇼핑하기
☐ 수다떨기   ☐ 멍때리기
☐ 맛집찾기   ☐ TV보기
☐ 야구보기   ☐ 게임하기
☐ 축구보기   ☐ 배틀그라운드
☐ 여행가기   ☐ LOL
☐ 등산하기   ☐ 오버워치

또…

_____

_____

네가 나의 반쪽이 되었다는 것이 얼마나 축복받은 일인지 깨달았어요.
기쁠 때도 힘들 때도 있는, 긴 여행의 인생에서
우리가 서로 사랑한다는 것에 늘 감사해요.
내 삶에 네가 함께여서 너무 고마워요.

매일 더 사랑해요.

내 성격은

☐ 엉뚱
☐ 활발
☐ 도도
☐ 친절
☐ 애교
☐ 털털
☐ 성실
☐ 착한
☐ 4차원
☐ 순수
☐ 다정다감
☐ 유머

우리만의 애칭을 정해보자!
좀 오글거리면 어때?
원래 사랑은 다 그런거야~

나는 너를 _____라고 부를게.

너는 나를 _____라고 불러줘.

advice

♥ 나는 너를 멍뭉이라고 부를게,

♥ 너는 나를 냐웅이라고 불러줘.

처음 만난 순간부터 '소울메이트'라는 것을 알고 있었어요.
첫 만남의 순간을 영원히 기억할 수 있어요.

당신은 마치 내가 이미 잘 알고 있는 사람 같았고
그래서 우리는 운명이 정해놓았다는 생각도 했어요.

당신은 매일 내가 왜 사랑하는지 깨닫게 해줬어요.

내가 너를 사랑하는 이유 7

내가 좋아하는 손잡는 유형은?

☐ 깍지끼며 잡기
☐ 손목을 가볍게 잡기
☐ 옷 소매잡기
☐ 검지 잡고가기
☐ 약지 잡기
☐ 팔짱 끼기

내가 너를 사랑하는 이유 8

가끔 네 손을 꼬옥 잡고 싶은 때가 있어.

☐ 사람 많은 지하철에서
☐ 시내 한복판
☐ 놀이기구를 타면서
☐ 해 질 녘 노을을 보면서

누군가와 사랑하고 있는 중이라는 사실은
인생이 주는 가장 큰 선물의 순간인 것 같아요.

난 당신이 있으니 이미 그 선물을 받았어요.
당신은 순식간에 내 마음을 빼앗아 갔고,

일상에서 존중, 보살핌 그리고 우리가 영원히 함께할 거라는 약속을 통해
'연애 중'에서 '진짜 사랑'으로 변해가는 그 과정이 무엇인지를 알려줬어요.

부끄럽지만, 내 술버릇은 이거야

☐ 피자 만드는 유형   ☐ 아무데서 자는 유형
☐ 전화 통화 하는 유형   ☐ 안주발 내세우는 유형
☐ 귀소본능 확실한 유형   ☐ 계속 정리 하는 유형
☐ 감정이 격해지는 유형   ☐ 말 없이 사라지는 유형
☐ 우는 유형

지난번
_____

그 일은 네가 잊어줬으면 좋겠어…

그리고 그런 모습까지 사랑해줘서 고마워!

advice

♥ 술에 취해서 벽에 대고 혼자 $@$^%&* 했던 말
　제발 잊어주면 안될까?

당신의 사랑은 내겐 선물이에요.
당신을 몰랐던 내 삶이 기억나지 않아요.
정확히 언제 사랑에 빠졌는지 모르겠어요.

당신은 내 짝이고, 조력자이고, 친구이고,
어려움이 있을 때, 늘 거기에 있다는 것도 알아요.
당신이 내 곁에 있을 거라는 믿음은
내게 가장 큰 기쁨이에요.

내가 이런 행동을 하면 관심이 필요하다는 뜻이야
꼭 눈치 채줘야 해! 알겠지??

☐ 손톱을 물어뜯는 모습
☐ 짓궂은 장난을 자주 치는 모습
☐ 자꾸만 혼자 있으려고 하는 모습
☐ 소유욕과 집착이 강해지는 모습
☐ 다른 사람의 연애에 의심이 많아지는 모습
☐ 계속해서 팔짱 끼려는 모습
☐ 부드러운 것을 하루종일 찾는 모습

또…

사랑을 받는다는 것은 정말 행복한 일이에요.
내가 어떤 문제로 힘들어하는지 귀 기울여 들어줄 때
당신이 내게 보여주는 믿음은 늘 나에게 위로가 돼요.

사랑은, 나를 바라보는 눈길
사랑은, '사랑해'라고 말해주는 표현
사랑은, 내 것이라고 느끼게 해주는 따뜻한 포옹
사랑은, 내 심장을 녹이는 키스
사랑은, 항상 그곳에 있어 줄 거라는 믿음
사랑은, 매일 나에게 느끼게 해주는 그 모든 것들

내가 좋아하는 커플 사진 포즈는

☐ 뒷모습 찍기 ☐ 특정 부위 찍기

☐ 뽀뽀하는 모습 찍기 ☐ 장난스럽게 찍기

☐ 활짝 웃기 ☐ 앉아서 찍기

☐ 거울 샷 찍기 ☐ 같은 포즈 하기

☐ 따라 하기 ☐ 실루엣 찍기

☐ 컨셉 잡기 ☐ 어깨 기대기

☐ 어부바하기 ☐ 마주 보고 찍기

또…

_____

내가 사랑에 빠지면 나타나는 행동들

□ 점점 너와 닮아져 간다.

□ 장난과 애교가 늘어난다.

□ 정신연령이 점점 어려진다.

□ 너와 미래에 대한 이야기를 자주 한다.

□ 주위에 너에 대한 자랑을 많이 하고 다닌다.

□ 너에 대한 콩깍지가 점점 두꺼워진다.

그리고…

_____

사랑은 행동이에요.
얼마나 나를 생각하는지 매일 내게 보여주는 행동이에요.

사랑은 나를 감싸줄 때 보여주는 따뜻한 손길이고,
좋은 순간을 나누는 것이고,
어려운 시간을 함께 헤쳐나가는 것이에요.
사랑을 하고, 사랑을 받는다는 것은,
인생에 있어 가장 위대한 선물이에요.
사랑은 감정 그 이상의 것이에요.

당신와 그 기쁨을 나눈다는 것은 내게 큰 축복이죠.

우리가 연애하는 동안,
이것만큼은 꼭 약속해줬으면 해!

□ 사소한 것도 세심하게 기억해주기

□ 시간이 지나도 변함없이 처음처럼 예뻐해주기

□ 바빠도 중간중간 연락은 꼭 해주기

□ 사랑한다는 말을 아끼지 말고 많이 해주기

□ 언제나 예쁜 말로 칭찬해주기

□ 어떤 일이 있어도 내 편 되어주기

□ 내 하루 하루를 궁금해 해주기

□ 항상 나를 우선 순위로 생각해주기

□ 싸울 때 자존심 세우지 않기

□ 내가 힘들 때 꼭 안아주기

오래가는 커플의 비밀이 '연락'인 거 알지?
나는 이만큼 해줄게~ 너는 몇 개 해줄 꺼야?

☐ 날씨가 어떤지 꼼꼼히 챙겨주는 우리
☐ 밥은 먹었는지, 뭘 먹었는지 궁금해 하는 우리
☐ 누구와 어딜 가는지 먼저 말하고 나가는 우리
☐ 술자리에 있어도 가끔 연락해주는 우리
☐ 배터리가 꺼지기 전에 미리 말해주는 우리
☐ 먼저 잠든 서로를 위해 집에 잘 도착했다며
　 늦게 들어와도 하나하나 말해주는 우리
☐ 연락에 정성을 보이는 우리

온 우주가 산산이 되진다고 해도,
난 아마 더 좋은 딴을 찾지 못할 것 같아요.

당신과 얘기를 하는 것만으로도 난 마음이 편안해지고
당신과 함께 있는 것은
인생에서 가장 중요한 일이라는 것을 깨닫게 돼요.
우리는 서로를 위해 태어난 건지 같아요.

내가 너를 사랑하는 이유 16

나는 너와 이런 것까지 할 수 있다!

☐ 안 씻고 집에만 있어도 예뻐해 주기
☐ 후줄근하게 나와도 예뻐해 주기
☐ 먹다 남긴 음식 대신 먹어주기
☐ 2시간 이상 통화하기
☐ 1시간 이상 손잡기
☐ 서로 털 뽑아주기
☐ 함께 엽기 사진 찍기

또…

가끔 당신 혼자만의 시간을 가질 필요도 있어요.
필요한 일이라고 생각해요.
하지만 난 당신이 필요하지 않아요.
단지 나는 당신을 원해요.

내가 화났을 때 네가 이렇게 해줬으면 좋겠어

☐ 변명대신 이야기를 들어주면 좋겠어.

☐ 카톡보단 직접 만나서 눈을 보며 이야기를 해줬으면 좋겠어.

☐ 서로의 감정에 대해 공감하고 이해해주면 좋겠어.

☐ 자신의 잘못한 이유를 알고 진심으로 사과를 해줬으면 좋겠어.

☐ 생각지 못한 꽃다발이나 선물을 해줬으면 좋겠어

☐ 심하지 않은 상황에선 장난스러운 애교로 화를 풀어주면 좋겠어.

☐ 꼭 안아주며 위로를 해줬으면 좋겠어.

그리고…

_____

내가 너를 사랑하는 이유 18

내가 너랑 맞춰보고 싶은 것들이 있어

□ 커플 다이어리
□ 커플 이니셜 팔찌
□ 커플 반지
□ 안아줘 포토쿠션
□ 커플 브로치
□ 커플 폰 케이스
□ 기념일 목걸이
□ 커플 드로잉 무드등
□ 커플 맨투맨
□ 커플 도장
□ 커플 속옷
□ 커플 시계
□ 커플 에코백
□ 커플 키링

또…

내게 무엇을 하라고 말하기보다는 먼저 내 말을 들어주는 것에…
내게 무슨 일이 있을 때마다 항상 나를 꼭 안아주는 것에…
당신의 아무것도 아닌 웃음에…
당신이 닦아준 내 많은 눈물에…

당신은 늘 내가 필요할 때 내 곁에 있어요.

내가 너를 사랑하는 이유 19

우리 첫 데이트 기억나?

_____ 년 _____ 월 _____ 일

_____에서 우린 처음 만났어.

날씨는 _____ 고

너는 _____ 입고 있었어.

그날 _____ 던 모습은 정말 멋졌어.

내가 친구가 필요할 때 당신은 친구가 되어 줘요.
내가 방향을 잃었을 때 당신은 멘토가 되어 줘요.
내가 어둠 속에서 헤매고 있을 때 당신은 밝은 빛이 되어 줘요.

내가 너를 사랑하는 이유 20

내가 선호하는 데이트 유형이야~
이런 데이트 어때??

☐ 하루 종일 집 안에서 방콕 데이트
☐ 남는 건 사진뿐 포토 데이트
☐ 우리만의 아이템을 수집하는 데이트
☐ 낮부터 밤까지 무한 음주 데이트
☐ 숨겨진 명소를 찾아가는 여행 데이트
☐ 식사까지 한 방에 PC방 데이트
☐ 맛있는 게 제일 좋아! 맛집 데이트
☐ 흠뻑 땀에 젖어볼까? 스포츠 데이트

또…

_____

당신 때문에,
나는 사랑의 완성이 무엇인지 알게 되었어요.

당신 때문에,
나는 아주 작은 것들도 함께 나눌 수 있게 되었어요.

당신 때문에,
나는 내 꿈을 함께 나눌 특별한 사람을 갖게 되었어요.

당신 때문에,
매일 아침 나는 진실로 사랑받고 있다고 느끼며
하루를 시작하고 있어요.

세상에 이보다 더 좋은 선물은 없죠.

내 아기 때 사진

귀여운 _____ 살!

너를 만나기 3시간 전

나는_____

너를 만나기 1시간 전

나는_____

너를 만나기 15분 전

나는_____

이렇게 나는 너와의 시간을 기다려.

advice

♥ 너를 만나기 3시간 전

　나는 네가 어떤 음식을 좋아할까 생각해.

♥ 너를 만나기 1시간 전

　나는 예쁜 구두를 신을까? 컨버스를 신을까? 고민해.

♥ 너를 만나기 15분 전

　카페 문이 열릴 때마다 힐끔힐끔…

늘 거기에 있는 사람이라서,
우리는 그것이 당연하다고 생각할 수 있어요.
우리는 가장 사랑하는 사람들에게 소홀히 하기도 해요.

하지만, 당신이 알고 있었으면 좋겠어요.

내게는 늘 당신이 제일 중요하다는 것을...
당신은 언제나 내게 첫 번째의... 사람이...

내가 너를 사랑하는 이유 23

나는 네가 이럴 때 제일 사랑스러워.

"나 잘했지?"하고 칭찬받고 싶어 할 때
날 위해 무언가를 해 주려고 할 때
남들 앞에서 내 기를 세워줄 때
내 취향을 너무 잘 알아줄 때

그리고…

너를 만나고 나는

□ 편안해졌어
□ 재미있어졌어
□ 여유로워졌어
□ 열정이 가득해졌어
□ 살이 쪘어;;
□ 살이 빠졌어;;

그리고…

모든 순간
내가 굳이 말로 하지 못하더라도

당신의 배려에,
당신의 보살핌에,
뭐든 해주려는 당신의 의지에
매우 고마워하고 있다는 것을 당신이 알아줬으면 해요.

당신의 사랑은 너무 소중하고 매일 감사하게 생각하는 선물이에요.

내가 너를 사랑하는 이유 25

너를 만나고 내 하루는

☐ 휴대폰을 자주 들여다보고 있어.
☐ 너를 만날 생각에 주말이 기다려져.
☐ 작은 일에도 잘 웃게 됐어.
☐ 사랑 노래 가사들이 내 얘기 같다고 느껴.

내가 너를 사랑하는 이유 26

너를 사랑하니까 양보할 수 있는 것

☐ 내가 가장 아끼는 물건
☐ 주말 오전의 여유로운 늦잠 시간
☐ 바삭바삭 치킨의 닭다리
☐ _____

너에겐 아무것도 아깝지 않아!

우리의 시간 속에는 늘 천사가 뭔가를 하고 있는 것 같아요.
우리를 항상 지켜보며 베풀게 하고 있고,
기대치 못한 다른 사람의 친절을 통해
천사의 존재를 깨닫게 하여
이 세상이 얼마나 아름다운 것인지 느끼게 해줘요.

나는 정말 축복받은 사람인 것 같아요.
당신이라는 천사가 내 인생에 나타나 줬으니까요.

나는 너에게 이런 사람이 되고 싶어.

맛있는 음식 먹을 땐 먼저 생각나는 사람
힘들 때 내 생각이 나면 웃음 지어지는 사람
하루의 시작과 끝을 함께 할 수 있는 사람
좋은 일이 생기면 제일 먼저 자랑하고 싶은 사람

또…

내가 어디에 있든, 무엇을 하든, 내 맘엔 항상 당신이 있어요.
당신의 사랑은
내 인생에 어려움이 닥칠 때마다 견뎌낼 힘을 주고,
내가 최선을 다할 수 있게 믿음을 주기도 해요.
그리고 언제나 내 가슴속에 남아 한순간도 외롭지 않게 해줘요.

내가 아픈 날엔 네가 해주었으면 하는 것이 있어.

"사랑해"라는 말보다 더 강한 힘을 가진 말은 없어요.
"고마워"라는 말보다 더 의미 있는 말은 없어요.
"믿어"라는 말보다 더 격려가 되는 말은 없어요.
그래서 난 항상 이 모든 말을 해줄 거예요.

"너를 사랑해. 언제나 고마워. 그리고 어떤 상황에서도 난 너를 항상 믿어."

내가 너를 사랑하는 이유 29

너의 사소한 것까지 좋아

☐ 머리를 쓸어 올리는 모습
☐ 입술을 살짝 깨무는 모습
☐ 미간을 찌푸리는 모습
☐ 노래를 흥얼거리는 모습

내가 너를 사랑하는 이유 30

이런 사랑의 표현은 언제나 행복해.

매일 아침 모닝콜.
애정 표현은 아끼지 않기.
질투는 아무리 해도 부족하지 않아.
헤어질 때 작별인사는 최대한 길게 하기.

그리고…

내가 고민에 빠져 있을 때, 나를 일으켜 세워주는 건 당신이에요.
내 실수를 이해해주고, 빨리 잊을 수 있게 도와주기까지 해요.
용기가 필요한 순간에 내가 혼자가 아니라는 건 일깨워주고,
따뜻한 포옹이 필요할 때,
당신은 나를 꼭 안고 "모두 잘 될 거야."라고 얘기해주죠.

내가 너를 사랑하는 이유 31

너를 꼬옥 안아주고 싶은 순간들

□ 네가 나를 보고 환한 미소를 지을 때
□ 슬픈 영화를 보고 눈물지을 때
□ 오늘따라 유달리 힘겨워 보일 때

그리고…

내가 너를 사랑하는 이유 32

연애 중엔 이런 생각 하지 않기

다른 이성 생각
나랑 헤어지는 생각
남들과 비교하기
거짓말할 나를 속일 궁리

그리고…

난 항상 당신을 생각해요.
당신을 믿고, 당신을 위해 기도해요.

어떤 문제에 부딪히거나, 희망이 없다고 느끼는 순간에도
내 사랑을 느끼며 혼자가 아니라는 것을 당신이 알아줬으면 좋겠어요.
나는 언제나 당신 곁에 있어요.

내 사랑의 자존감을 높여줄 특급 방법

사랑한다는 말 자주 해주기
누구보다 소중하게 대해주기
항상 그리워하고 애틋해 하기
사소한 것 칭찬해 주기

그리고…

우리가 살면서 어쩔 수 없이 겪게 되는 여러 가지 어려움은
우리의 용기를 필요로 하죠.
당신은 당신이 알고 있는 것보다 훨씬 강해요.
당신은 많은 지혜를 가지고 있어요.

신은 당신을 옳은 방향으로 이끌어 줄 거예요.

너 때문에 가장 크게 웃었던 기억이 있어!

우리 앞으로도 항상 같이 웃자.

당신이 약해지고 두려움을 느낄 때,
온 마음으로 당신을 바로 서게 해 주고
내가 가진 모든 사랑을 쏟아 줄게요.
당신이 망설임으로 지쳐갈 때,
당신이 옳은 선택을 하도록 응원하고 함께 해줄게요.
당신이 걷는 모든 길에 내가 함께할 거예요.
우리가 함께 무언가를 하기 위해 노력해야 하는 시간이 온다면,
난 딱 한 가지만 기억하고 싶어요.

그건 우리의 사랑보다 중요한 건 아무것도 없다는 사실이죠.

손바닥 그리기

1년 후 우리는 어떻게 되어있을까?

3년 후 우리는 어떻게 되어있을까?

10년 후 우리는 어떻게 되어있을까?

우리가 함께할 시간들을
상상만 해도 행복해.

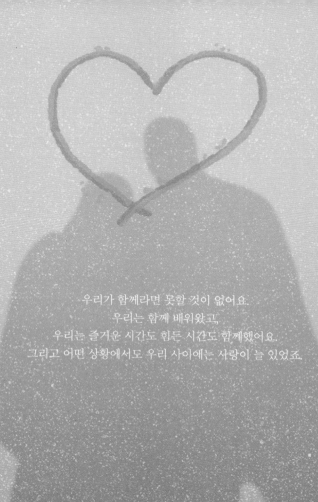

우리가 함께라면 못할 것이 없어요.
우리는 함께 배워왔고,
우리는 즐거운 시간도 힘든 시간도 함께했어요.
그리고 어떤 상황에서도 우리 사이에는 사랑이 늘 있었죠.

너와 내가 천생연분인 이유는?

같이 있을 때 가장 편하고 좋다.
가끔 다퉜을 때, 언제 그랬냐는 듯이 웃고 있다.
서로의 시간을 존중해주고 응원한다.
서로의 단점도 사랑해준다.

그리고…

_____

_____

_____

나는 혼자일 때보다 당신과 함께 있을 때,
더 즐겁고, 살아있다고 느끼고, 희망적이고,
미래에 대해 긍정적이고,
지나간 시간을 감사하게 느끼고,
내 삶의 의미가 있다고 확신하게 돼요.

내가 너를 사랑하는 이유 38

벚꽃이 한창인 날, 함께 _____ 하고 싶어.

햇살이 너무 좋은 날, 함께 _____ 하고 싶어.

해가 지는 가을 저녁엔, 함께 _____ 하고 싶어.

첫눈 내리는 날, 함께 _____ 하고 싶어.

크리스마스에는, 함께 _____ 하고 싶어

내가 너를 사랑하는 이유 39

yes   no
□ 네가 보내는 텔레파시 느껴 본 적 있다. □

_____

나는

_____ 하다가도 문득 네 생각이 나.

그리고…

_____ 때에도 네 생각이 나.

너에게 들려주고 싶은 이야기

"너밖에 없어."
"걱정하지 마. 내가 있잖아."
"너라서 좋은 거야."
"네가 내 옆에 있어서 행복해."

그리고…

_____

나는 우리가 나눈 순간을 떠올리며 미소 짓고,
우리의 사랑을 기억하고 감사하다는 생각을 해요.

나는 진짜 축복받은
사람이라는 것을 깨달았어요.

너를 만나고 나는 변했어.

내 성격은

_____ → _____

내 외모는

_____ → _____

내 주말은

_____ → _____

내 취미는

_____ → _____

나는 어렸을 때부터 사랑에 빠지는 상상을 하고,
그 사람을 찾게 되면 내 인생이 완성된다고 믿었어요.

당신은 그런 내 꿈을 완성해준 존재예요.

내게 일어난 모든 일 중에 가장 멋진 순간은
당신과 사랑에 '빠진' 바로 그 순간이에요.
당신은 바로 내 꿈이에요.

우리에게 바라는 세 가지 소원

첫 번째 소원은 _____

두 번째 소원은 _____

세 번째 소원은 _____

advice

첫 번째 소원은 아프지 말고 건강하기.
두 번째 소원은 항상 감사하기.
세 번째 소원은 지금 잡은 우리 두 손 놓지 않기.

우리가 처음으로 함께 본 영화는…

함께 본 영화 티켓을 붙이거나 영화 제목 적기

너와 함께 보고 싶은 영화가 있어.

난 당신과 내 인생을
함께 나누고 싶어요.

모든 기쁨을…
모든 슬픔을…
모든 영광을…
모든 희망을…
모든 꿈을…

그리고 모든 어려운 상황 속까지
인생의 모든 순간을 당신과 함께하고 싶어요.

내가 너를 사랑하는 이유 46

네가 _____ 할 때,
나는 외로워.

네가 _____ 할 때,
나는 슬퍼.

나를 사랑하는 만큼
조금만 바꿔 주면 좋겠어.

내가 너를 사랑하는 이유 47

먼 훗날
지금의 예쁜 시간들을 꺼내 보기 위해
타임캡슐에 담고 싶은 것은?

내가 캡슐에 담을 것은 _____ 이야.

키스 마크 찍기

우린 서로에게로 이사를 한 거예요.
함께 살기 시작했다는 건,

집에 있는 화초가 죽지 않게 잘 키워내듯이

우리의 사랑도 함께 잘 키워나가도록 둘 다 많은 노력을 해야 해요.

지금부터는 잠시 솔직 19금 토크 시간이야 *^_^*
조금 부끄럽더라도
더 서로를 잘 알기 위한 거니 꼭 솔직해져 줘!

내가 너를 사랑하는 이유 **49**

우리가 수줍게 첫키스를 했던 장소는?

_____

_____

내가 너를 사랑하는 이유 **50**

우리가 처음 사랑을 나눴 던

_____ 그 곳이 아직도 기억나…

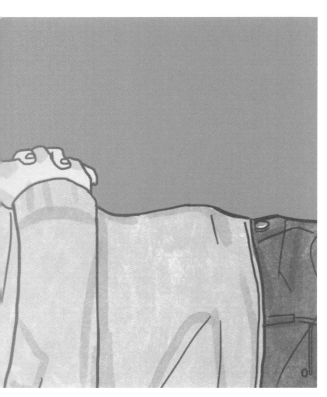

관계의 마법은
적절한 타이밍과
적절한 장소와
바로 그 사람, 당신
이번 생이 아니었다면 만나지 못했을 우리
운 좋게도 우리는 이번 생에 마주치고
사랑을 합니다.

내가 너를 사랑하는 이유 51

우리는 어떻게 하다가 사랑을 나누게 됐었지?
(그날 무슨 일이 있었던 거지?)

_____

_____

_____

우리가 처음 사랑을 나눴던 날,
난 이런 생각을 했었어.

나의 스케줄은
당신, 당신, 당신, 당신,
나의 가장 이상적인 시간들입니다.

내가 좋아하는 침대 위 스타일은 이런거야.

☐ 조용히 사랑 나눔에만 집중하기
☐ 대화도 나누며 자연스러운 분위기
☐ 거칠고 격렬하게 하기
☐ 하나를 해도 평범하지 않게, 독특하게.
☐ 야하고, 야하고 더 야하게…

또…

'사랑'인지 어떻게 알았을까요?

좋아하는 걸까? 사랑하는 걸까?

우리가 처음 연락을 끊었을 때

별일 아니라고 생각하고 싶었는데, 모든 게 끝난 것 같았습니다.

나⋯ 해보고 싶은 장소가 있는데⋯

☐ 아파트 옥상
☐ 친구네 집
☐ 비상계단
☐ 공중 화장실
☐ 아무도 없는 강의실

또 _____

너와 침대 위에서 이런 이벤트를 해보고 싶어.

상황극이라거나 코스프레⋯
채찍⋯ 아니면 여러 명이서⋯ 등

나는 _____ 해보고 싶어.

내가 너랑 가장 사랑을 나누고 싶어질 때는

네가 나를 성(性)적으로 도발할 때
야한 영화나 야동을 보고 있을 때
오늘따라 네가 섹시하게 보일 때

또…

_____

_____

_____

내가 너를 사랑하는 이유 57

우리 만의 사랑 시그널을 정해보자.
내가 이렇게 하면 오늘 하고 싶다는 얘기야!

---

advice

♥ 팔뚝을 콕콕 3번 찌르고 야~ 라고하기

내가 너를 사랑하는 이유 58

내가 예민하게 느끼는 성감대가 있는데…

거긴 바로 _____이야.

우리는 서로에게 아름다운 선물이에요

서로를 소중하게 생각하는 존재가 되어 주는 것도
서로에게 모든 걸 내어 줄 수 있는 존재가 되어 주는 것도
서로의 실수를 용서할 수 있는 상대가 되어 주는 것도
기꺼이 모든 상황에 도움을 주는 서로가 되어 주는 것도
늘 옆에서 모든 얘기를 들어주는 사람이 되어 주는 것도

내 생각에 나의 가장 섹시한 신체부위는

_____ 이야. 많이 칭찬해줘 ♥

가끔 너와 내가 침대 위에서
이런 사이였다면 어땠을까 생각을 해

과외선생님과 학생
청소부와 집주인
의사와 환자

또…

_____

나는 사랑을 나눌 때 이런게 좋아

□ 누워서 vs 일어서서 □

□ 불킨거 vs 불끈거 □

□ 소리 내면서 vs 소리 안내면서 □

□ 따뜻한 온도 vs 서늘한 온도 □

□ 옷을 입고 시작 vs 다 벗고 시작 □

□ 토이 사용 vs 토이 비사용 □

□ 내가 먼저 vs 네가 먼저 □

당신은…

내가 무언가 얘기하고 싶을 때 바로 거기 있어 주는 그런 사람이에요.
그리고 가끔은 대답이 필요하지 않을 때,
그냥 들어만 주려고 거기 있어줄 거라는 것을 나는 알고 있어요.
인생의 중요한 모든 순간에 함께 웃어줄 수 있는 그런 사람이죠.

내가 너를 사랑하는 이유 62

우리의 커플 사진 ♥

앞으로 쭈~~욱 예쁜 사랑 하자.

난 인생에 대해 다 알고 있다고 생각했는데,
당신은 내게 전혀 새로운 세계를 알려줬어요.
새로운 희망과 꿈이 있는 세계.
내가 생각한 것보다 더 많은 존재가 될 수 있는 세계를 알려줬어요.

나는 너에게 이런 사람이 되고 싶어.

힘들 때 생각만 해도 미소 지어지는 사람
기쁜 일이 있을 때 가장 먼저 자랑하고 싶은 사람
서로의 일상을 항상 궁금해하는 사람
맛있는 음식을 먹을 때 생각나는 사람
멋진 곳을 함께 가고 싶은 사람

그리고…

_____

yes   no
□ 너 때문에 울어 본 적이 있다. □

_____

우리가 함께 처음 여행 갔던 곳 기억나?

언제 _____

어디 _____

날씨는 _____

음식 _____

그날의 풍경 _____

_____

우리에게 가장 중요한 말은 "사랑해"
서로가 있다는 것에 늘 감사하게 생각하는 말은 "우리"

내가 너를 사랑하는 이유 66

우리 여기 같이 가볼래?

서울 5대 궁궐
    □ 경복궁
    □ 창덕궁
    □ 덕수궁
    □ 경희궁
    □ 창경궁
□ 서울 국립중앙 박물관
□ 서울 북촌 한옥마을
□ 서울 낙산공원
□ 서울 여의도 한강공원
□ 강릉 경포대

□ 강릉 전동진
□ 평창 월정사
□ 평창 대관령
□ 강화 전등사
□ 태안 안면도
□ 양평 두물머리
□ 경주 첨성대
□ 경주 불국사
□ 춘천 남이섬
□ 대구 김광석길
□ 대구 근대골목투어

☐ 부산 태종대　　　　　　☐ 거제도 해금강
☐ 부산 해운대　　　　　　☐ 거제도 바람의언덕
☐ 담양 죽녹원　　　　　　☐ 해남 땅끝마을
☐ 담양 메타쉐쿼이아길　　☐ 해남 대흥사
☐ 전주 전동성당　　　　　☐ 울릉도 행남해안산책로
☐ 전주 한옥마을　　　　　☐ 독도 등대
☐ 창원 진해 군항제　　　　☐ 제주 한라산 백록담
☐ 통영 연화도보도교　　　☐ 제주 성산일출봉
☐ 통영 동피랑 벽화마을　　☐ 제주 우도
☐ 여수 해상 케이블카
☐ 여수 향일암

당신이 나를 사랑하는 하루하루
당신이 그렇게 말해주는 모든 순간
당신이 나를 그리워하는 시간
우리가 사랑을 나누는 그 모든 시간
하루하루 더해지는 새로운 나날들
당신의 입술에서 나오는 단어들
당신이 하는 배려의 행동들
당신이 내 인생에 만들어낸 이 모든 특별한 순간들에 감사해요.

내가 너를 사랑하는 이유 67

yes   no
□ 너보다 내가 너를 더 사랑하는 것 같다. □

내가 너를 사랑하는 이유 68

이번 생일에 너에게
이런 선물을 받고 싶어.

내 삶을 다시 돌아보면,
당신을 만난 그 순간 내 인생이 다시 시작한 것 같아요.
우리가 함께 지나온 모든 시간을 돌아보며 깨달았죠.
모든 순간이 우릴 완성해온 완벽한 선물 같은 순간이었다는 것을.
어렵게 깨달은 지혜들,
우리를 더 강하게 만든 노력들
타인에게 준 희망들 그리고 주고받은 사랑.
우리가 함께 만들어낸 추억들은 헤아릴 수 없는 많은 선물이 되었어요.

내가 너를 사랑하는 이유 69

네가 이런 표정을 지으면 난 '심쿵해.'

_____

_____

_____

내가 너를 사랑하는 이유 70

내가 특별하게 느끼는 것들 중

설레였던 카톡은… _____

행복했던 선물은… _____

특별했던 전화는… _____

심장이 두근거렸던 순간은… _____

내가 처음 당신과 사랑에 빠진 순간,
이보다 더 행복할 수는 없을 것 같다고 생각했어요.
하지만 우리의 사랑은 더 깊어지고 더 풍성해졌어요.

처음에는 우리가 함께한 사랑 그 자체로 좋았지만,
사랑하며 지내온 시간 동안 함께 건너낸 수많은 장애물은
우리에게 더 큰 친밀감 주었어요.

당신이 내 인생에 들어온 순간부터
내 삶은 상상도 못 했던 것이 되어 버렸어요.

내가 생각하기에

우리 둘이 가장 재미있게 본 영화는

우리 둘이 가장 맛있게 먹은 음식은

우리 둘이 가장 좋아했던 데이트 장소는

우리 둘이 가장 자주 갔던 카페는

우리 둘이 가장 좋아했던 비밀 장소는

약속해줘요
우리가 몇 살이 되던지 늘 내 손을 잡아줘요.
매일 '사랑한다'고 말해줘요.
가끔 연애편지를 써줘요.
먼저 '미안하다'고 말해줘요.

좋아하는 서로의 장점에 집중해요.
서로의 이상형이 되도록 노력해요.
항상 응원하는 사람이 돼요.
매일 안아주고 '고맙다'는 말을 자주해줘요.

오늘로부터 가장 가까운 우리의 기념일은?

_____ 년_____ 월 _____ 일

_____ 날

내가 바라는 것은,

_____ 사랑 하기

나는 우리가 이런 사랑을 했으면 좋겠어.

advice

♥ 항상 서로를 배려하는 사랑 하기,
  나는 우리가 이런 사랑을 했으면 좋겠어.

우리가 함께했던 것 중 가장 멋진 일은

_____

advice

서로를 알아보고 사랑에 빠진 일이야.

너는 나의 치료약

힘들고 지칠 때,

"   "
_____

난 괜찮아져.

advice

♥ "내가 있잖아." 이 한마디면 나는 괜찮아져.

고마워요.
모든 순간 내게 희망을 주는 당신의 모습에.
내 삶에 특별한 빛이 되어 줘서 고마워요.
당신 마음에 내가 들어가게 해줘서 고마워요.
내 삶의 일부가 되어줘서.

넌 나를 _____ 해줘.

그래서 너를 사랑해.

advice

♥ 넌 나를 항상 웃게 해줘. 그래서 너를 사랑해.

나는 네가 _____ 도

그럼에도 불구하고
나는 너를 정말 사랑해.

advice

♥ 양말을 짝짝이로 신고 다닐 정도로 덤벙대는 너.
   그럼에도 나는 너를 정말 사랑해.

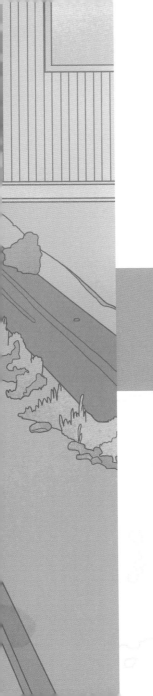

당신은 내가 위로가 필요한 순간에 두 팔 벌려 나를 꼭 안아주죠.
내 얘기를 들어줄 누군가가 필요할 때
내 말을 주의 깊게 들어주고 의지하게 해주는 사람이에요.
당신은 내가 듣고 싶은 말을 해주는 바로 그런 사람이죠.

내가 너를 사랑하는 이유 78

yes   no
□ 엄마 아빠한테 너의 이야기를 했다. □

_____

내가 너를 사랑하는 이유 79

너와 손잡고 무작정 걷고 싶은 날이 있어.

이런 날에…

_____

어떤 곳을…

_____

오늘은 너에게 짧은 편지를 쓰고 싶어.

사랑은 "행복하게 잘 살았습니다."라고
끝나는 이야기라고 생각할 수 있지만,
우리는 사랑, 즐거움, 슬픔 그리고 고통을 모두 경험하게 될 거예요.
우리 좋은 시간도, 힘겨운 시간도 함께 견뎌내기로 약속해요.
우리의 삶은 다 그럴 이유가 있어서 함께하게 된 거라는 것을
잊지 말아요.
이 모든 것이 사랑의 성장이라는 것도…
그리고 변치 않는 우리의 사랑에 감사하는 것도 잊지 말아요.

너와 나의 사랑 이야기를 담은 노래를 만든다면
제목은,

_____

너의 꿈은 _____라고 했지?

내 꿈은 그 꿈을 이루는 시간에 너와 함께 있는 거야.
네가 꿈을 이룰 수 있도록 너를 응원할 거야.

내가 너를 사랑하는 이유 83

지금도 너의 _____에 마음이 떨려.

advice

♥ 솔직한 표현, 따뜻한 배려, 섹시한 목소리

내가 너를 사랑하는 이유 84

너에게 들려주고 싶은 사랑 문장

_____

_____

_____

_____

당신과 함께할 때, 과거나 미래는 내게 의미가 없어요.
지금 바로 이 순간,
당신과 함께하는 '지금'이 내겐 진짜 선물이에요.
내 사랑, 영원히 사랑해요.

내가 너를 사랑하는 이유 85

너에게 들었던 말 중 best와 worst는?

best _____

worst _____

내가 너를 사랑하는 이유 86

너를 위해서
자신보다 나를 더 사랑하는 내가 되기로
약속할게.

☐ 건강을 위해 운동하겠다고
☐ 자존감을 높이겠다고
☐ 긍정적인 생각을 하겠다고

그리고…

_____

무엇보다 내가 너를 사랑하는 가장 큰 이유는?
나를 아껴주는 너의 마음 때문이야.
나만을 사랑해 주는 너의 진심이 느껴지기 때문이야.

그리고…

_____

_____

_____

너와 사랑하고 있다는 것만으로도
나는 더 이상 바랄 게 없어.

내가 너를 사랑하는 이유 88

만약 너와 하루만 보낼 수 있다면

하루가_____ 시간으로

늘어났으면 좋겠어.

내가 너를 사랑하는 이유 89

고백할게.
나, 집에 있을 때는 사실…

_____

advice

나, 집에 있을 때는
목 늘어난 티셔츠에 고양이 세수만하고,
종일 뒹굴거리고 있어.

내가 너를 사랑하는 이유 90

너를 위해서
나는 지금보다 더

☐ 아프지 않을게.
☐ 좋은 사람이 될게.
☐ 매일을 열심히 살게.
☐ 너만을 사랑할게.

그리고…

지금 모습 그대로
앞으로도 늘 한결같은 너였으면 좋겠어.

너를 만난 후

나는 _____

advice

♥ 너를 만난 후 나는 행복해지기 시작했어.
♥ 너를 만난 후 나는 가고 싶은 곳이 많아졌어.

우리의 인생 이야기를 담은 영화를 만든다면
제목은,

_____

_____ 와(과)

_____ 가(이) 주인공이었으면 좋겠어.

함께 있을 때 재미있고 행복한 사람

내가 너를 사랑하는 이유 93

늦은 밤 나를 데려다주고 가는 너에게
듣고 싶은 말은?

집 보내기 싫다.
집에 들어가면 꼭 연락해
사랑해.
잊은 거 모 없어?
들어간다니까 더 이뻐 보인다.

내가 너를 사랑하는 이유 94

나한테 ＿＿＿＿＿＿＿＿ 능력이 있다면,

___

advice

♥ 나한테 순간이동 능력이 있다면,
당장 너한테 달려갈 텐데.

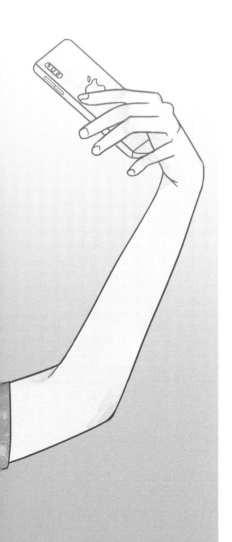

늘 나를 웃게 해줘서 고마워요.

내가 너를 사랑하는 이유 95

오늘이 우리의 마지막이라면
나는 이것만큼은 꼭 같이 하고 싶어.

_____

_____

_____

_____

내가 너를 사랑하는 이유 96

yes   no
□ 나는 다시 태어나도 너를 사랑한다. □

_____

너와 하나씩 하고 싶은 리스트야~

우리 함께 다 해보자^^

□ 애칭 만들어 불러주기

□ 서로 머리 말려주기

□ 귀 청소해주기

□ 손톱 깎아주기

□ 자장가 불러주기

□ 종일 같이 있어 보기

□ 서로 화장해주기

□ 첫눈 함께 맞기

□ 우산 하나로 같이 쓰기

□ 서로 신발 바꿔 신기

□ 서로 얼굴 사진 프사 하기

□ 커플 염색하기

□ 나란히 서서 양치하기

□ 서로 엽기 사진 찍어서 간직하기

□ 생일날 미역국 끓여주기

□ 아플 때 죽 끓여주기

□ 같이 눈사람 만들기

□ 각자 닮은 인형 선물하기

□ 타임캡슐 만들기

□ 커플 통장 만들기

□ 서로 요리해주기

□ 듀엣곡 부르기

☐ 크리스마스 함께 보내기

☐ 처음 만난 장소 다시 가보기

☐ 벚꽃 축제 가기

☐ 바다 여행 가기

☐ 별 보러 가기

☐ 불꽃 축제 가기

☐ 해돋이 보러 가기

☐ 제야의 종소리 듣기

☐ 워터파크 데이트 가기

☐ 머리띠 쓰고 놀이동산 데이트 가기

☐ 스키장 데이트하기

☐ 글램핑 가기

☐ 아이스링크장 데이트하기

☐ 커플 번지 점프 뛰기

☐ 공방 데이트하기

☐ 찜질방 데이트하기

☐ 내일로 기차 여행 가기

☐ 교복 입고 데이트하기

☐ pc방 데이트하기

☐ 야구장 데이트하기

☐ 연극 보러 가기

☐ 뮤지컬 보러 가기

☐ 심야 영화 보러 가기 ☐ 밤새 통화하기

☐ 같이 마트에서 장보기 ☐ 백허그 해주기

☐ 포장마차 데이트하기 ☐ 같이 마스크팩 하기

☐ 커플 자전거 타기 ☐ 모닝콜 해주기 / 받기

☐ 같이 클럽 가기 ☐ 도시락 싸서 공원 가기

☐ 둘만의 단골집 만들기 ☐ 커플링 맞추기

☐ 도서관에서 공부 데이트 하기 ☐ 교환 일기 쓰기

☐ 지역축제 데이트하기 ☐ 서로 얼굴 그려주기

☐ 방 탈출하러 가기 ☐ 서로 편지 써주기

☐ 커플템 맞추기 ☐ 사계절 사진 찍기

☐ 잠금화면 / 바탕화면 맞추기 ☐ 둘만의 암호 만들기

나는 네가
이런 프러포즈를 해줬으면 좋겠어.

_____

_____

_____

연인 서약서

나는 _____ 외에는 다른 어떤 _____ 도 보지 않겠습니다.

나는 _____

나는 _____

나는 _____

나는 _____

나 _____ 는 위 약속을 반드시 지켜 낼 것을

사랑하는 연인 _____ 앞에 굳게 약속 합니다.

서약자 _____ (서명)

내가 너를 사랑하는 이유 100

에필로그

이 책을 만들면서

_____

_____

_____

_____

_____